THE RIVER IN OUR BACKYARD

TE AWA E PĀTATA RAWA ANA

MALCOLM PATERSON
ILLUSTRATED BY MARTIN BAILEY

Tui and Jennifer arrived at Ōrukuwai with their whānau. The cousins were going to stay with Whaea Kōmako, a good friend of their dads. Her husband Kumar and daughter Rani welcomed them, 'Vannakam.'

Ōrukuwai = Rukuwai is an ancestor for whom the tip of Te Atatū Peninsula was named
whānau = family
Whaea = Auntie
Kōmako = bellbird
Vannakam = Hello [Tamil language]

Kua tae atu a Tui rātou ko Jennifer mā ki Ōrukuwai.
Ka noho rāua ki a Whaea Kōmako — te hoa pūmau o ō rāua pāpā.
Ko 'Vannakam' te pōhiri atu nā Matua Kumar rāua ko tāna tamāhine, ko Rani.

They sat down for lunch. The sambar, coconut chutney and thosa smelled delicious.

'Over the next few days let's take the dinghy and check out the awa — and some other cool places we can get to,' suggested Whaea Kōmako. 'We can start today after tina.'

Rani told the other tamariki, 'I've even gone to puna and then school a few times by boat!'

Ka noho rātou, kia kai ai. Te kakara reka hoki o te sambar, o te kīnaki niu me ngā thosa.

'Ā ngā rā e heke mai nei, me haere tātou mā runga poti, kia toro ai i te awa — me ētahi atu wāhi ngahau,' te kī a Whaea Kōmako. 'Me tīmata tātou a muri i te tina nei.'

I whāki atu a Rani, 'I haere kē atu au ki tōku puna, ki tōku kura hoki mā runga poti!'

sambar = a south Indian stew
thosa = a savoury, south Indian pancake
awa = creek/river
tina = lunch
tamariki = children
puna = Māori language early childhood education centre

‘Ko wai te ingoa o te awa?’ asked Jennifer.

‘Ko Te Wai-o-Pareira,’ answered her pāpā.

‘It’s cool to have a creek in your backyard,’ admitted Tui, ‘but there’s not much to see around here.’

‘Ākene pea,’ replied Whaea Kōmako with a flick of her eyebrows and a grin.

‘Ko wai te ingoa o te awa?’ te pātai a Jennifer.

‘Ko Te Wai-o-Pareira,’ ko tā tōna pāpā whakautu.

‘Tau kē nei,’ ka whakaae a Tui, ‘engari, ruarua noa iho ngā wāhi ngahau e pātata ana ki Te Atatū.’

‘Ākene pea,’ pakiri ana ō Whaea Kōmako niho me tana tukemata hoki.

Ko wai te ingoa o te awa? = What’s the creek’s name?
Ko Te Wai-o-Pareira = The Water of Pareira. Pareira was an ancestress whose main residence was in what is now known as the Henderson Valley.
pāpā = dad
Ākene pea = perhaps

After lunch they launched the boat. Tui pointed out a large patch of dark soil with lots of shell fragments in it. 'Midden!'

'Kei raro i te tarutaru, te tuhi o ngā tūpuna,' confirmed Nanny Marei.

As they made their way upstream, Whaea Kōmako would steer the boat so that they could grab rubbish from the water.

'People should look after the awa better!' said Jennifer crossly.

I muri i te tina, ka whakarewa atu rātou i te pōti. Ka tohu atu a Tui ki te one, me ngā tīmokamoka anga. 'Toenga kai o neherā!'

'Kei raro i te tarutaru, te tuhi o ngā tūpuna,' nā Nanny Marei i whakakoia.

Ka whai rātou i te awa, ā, ka rūnā a Whaea Kōmako hei kohikohi para.

'Me tiaki pai ake te tāngata i te awa nei,' te kī a Jennifer me tōna riri.

Kei raro i te tarutaru, te tuhi o ngā tūpuna = the signs of the ancestors are under the grass

'It rained a lot yesterday so I wouldn't swim in there now — sometimes the sewerage system overflows into it,' said Whaea Kōmako, sounding disappointed.

'We're part of the Rivercare group,' said Rani proudly. 'We're kaitiaki for the awa and we're trying to get Council and others to do more to clean up the water too, aye, Amma?'

'I heke te ua tātā inanahi — kaua e kaukau. I ētahi wā, ka tōrena ngā paipa harihari parakaingaki, kātahi ka uru te paru ki rō awa,' e nanu ana a Whaea Kōmako.

'Nō te rōpū Rivercare mātou,' te whakahīhī o Rani. 'He kaitiaki awa. E āki atu ana mātou i te Kaunihera me ētahi atu ki te whakapai i te wai, nē rā Amma?'

kaitiaki = custodians/protectors
Amma = Mum

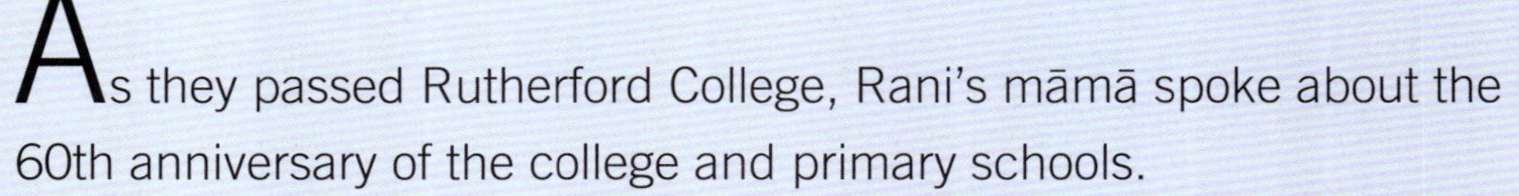

As they passed Rutherford College, Rani's māmā spoke about the 60th anniversary of the college and primary schools.

'Nice to see Whaea June, Nanny Lettie, Matua Pita mā all together, nē hā?' said Jennifer's pāpā.

'He tika tāu,' agreed Whaea Kōmako, 'living legends that lot!'

'Heoi anō, we've made it to the motorway — me huri!'

I te pahuretanga o Te Kāreti o Rutherford, ka kōrero te māmā o Rani e pā ana ki te huritau ono tekau o taua kura me te kura tuatahi o Rutherford hoki.

'I pai ki te kite i a Whaea June, i a Nanny Lettie, i a Matua Pita mā, nē hā?' ka mea te pāpā o Jennifer.

'He tika tāu,' nā Whaea Kōmako i tautoko, 'he taumata rau rātou!'

'Heoi anō, kua tae mai tātou ki te aramatua — me huri!'

Whaea June, Nanny Lettie, Matua Pita mā = Auntie June, Nanny Lettie, Uncle Pita and company
nē hā? = wasn't it?
He tika tāu = Right you are
Heoi anō = That's us then
Me huri! = Let's turn back!

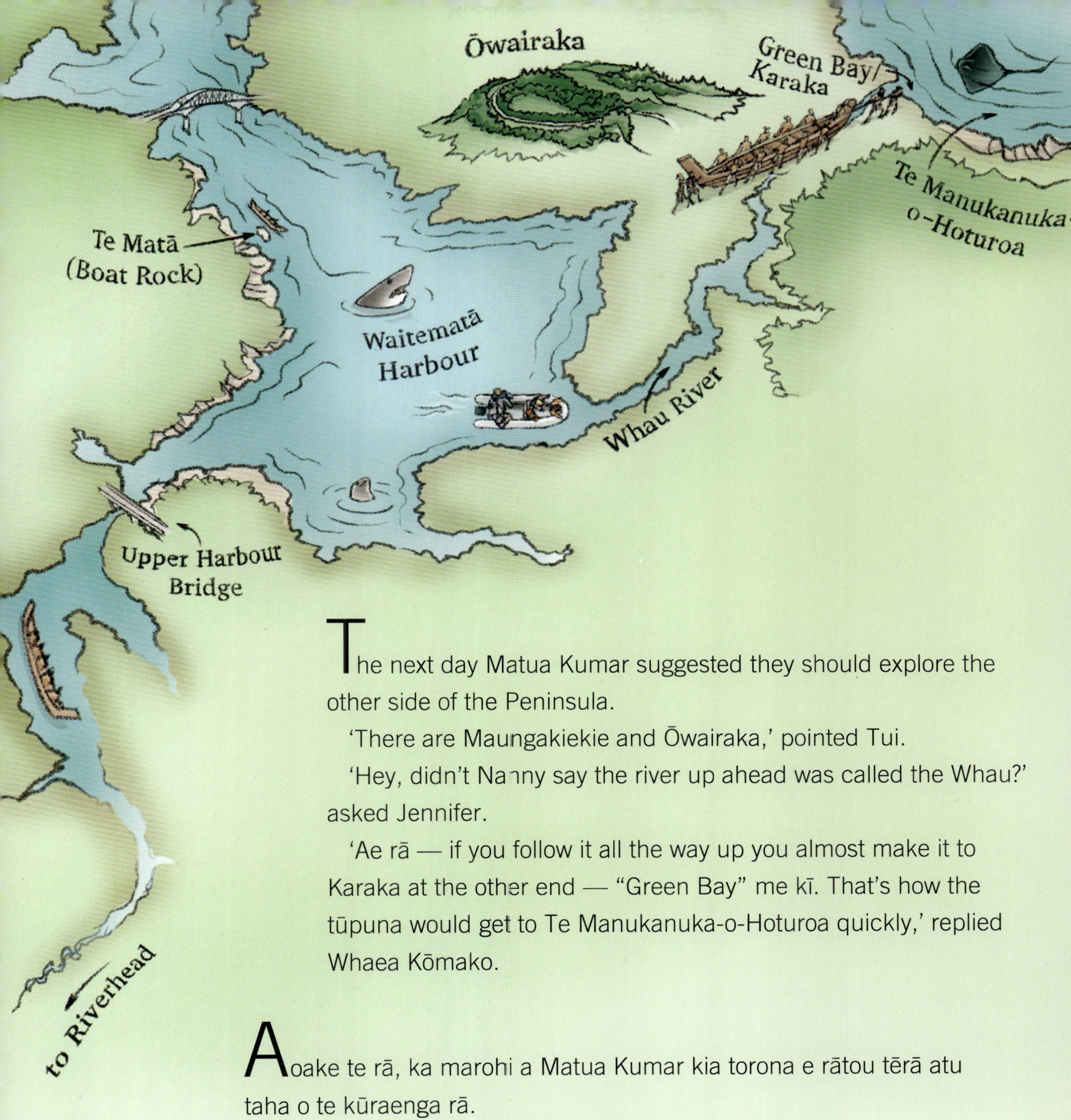

The next day Matua Kumar suggested they should explore the other side of the Peninsula.

'There are Maungakiekie and Ōwairaka,' pointed Tui.

'Hey, didn't Nanny say the river up ahead was called the Whau?' asked Jennifer.

'Ae rā — if you follow it all the way up you almost make it to Karaka at the other end — "Green Bay" me kī. That's how the tūpuna would get to Te Manukanuka-o-Hoturoa quickly,' replied Whaea Kōmako.

Aoake te rā, ka marohi a Matua Kumar kia torona e rātou tērā atu taha o te kūraenga rā.

'Arā a Maungakiekie me Ōwairaka,' ka tohu atu a Tui.

'Hei tā Nanny, ko tērā awa kei mua ko Te Whau, nē?' ka pātai atu a Jennifer.

'Ae rā. Kia whai koe i te hikuwai, ka tae tata atu koe ki Karaka — Green Bay me kī. Ko tērā te ara tukutata o ngā tupuna,' te whakautu a Whaea Kōmako.

Ae rā = Absolutely
me kī = in other words
tūpuna = ancestors
Te Manukanuka-o-Hoturoa = the Manukau Harbour. Literally 'The Anxiety of Hoturoa', describing how the captain of the Tainui waka felt approaching the bar at the entrance

'The Waitematā really does look a bit like obsidian this afternoon,' said Rani.

'You know another kōrero about that name is that it's actually the ingoa of one particular rock off Kauri Point, Te Matā. The tūpuna would say karakia there to bring them luck fishing,' added Tui's dad.

'Maybe you should try that e hoa — you might get something more than a sprat!' teased Whaea Kōmako.

Waitematā = waters (looking like) like obsidian stone
kōrero = story
ingoa = name
karakia = prayer(s)
e hoa = mate

'Tōna rite te āhua o te wai ki te matā i te ahiahi nei,' ka mea a Rani.

'He kōrero anō tāku mō tērā ingoa,' ka tapiri atu te pāpā o Tui. 'Kua huaina pērā tētahi toka e tū tātata ana ki Te Mātārae-a-Mana. Ka tuku karakia ngā tūpuna ki reira, mō te pai o te mahi hī ika.'

'Tukua, e hoa. Tērā pea ka mau koe i te mea nui ake i te kupae!' ka whakanene a Whaea Kōmako.

Te Mātārae-a-Mana = Mana's Headland (Kauri Point). Named for Te Kawerau a Maki tupuna Mana(oterangi) who lived and built a pā there

'That's a different-looking house up there,' pointed Jennifer.

'It's one of the old homesteads from when Ōrangihina was farmland. It's built from bricks recycled from a brick factory that was nearby,' explained Whaea Kōmako.

'Remember when the Peninsula used to be "Te Atatū North",' said Tui's dad.

'"TAT Norf" you mean,' laughed Whaea Kōmako.

Ōrangihina = the lower eastern side of Te Atatū Peninsula. Named for the tūpuna Rangihina.
Te Atatū = The Sunrise

'He rerekē te āhua o te whare rā,' ka tohu atu a Jennifer.

'He kāinga tawhito nō te wā he pāmu tonu a Ōrangihina. Kua hangaia ki ngā pereki hangaruatia nā tētahi wheketere pereki i tū i Te Atatū nei.'

'E maumahara ana koe ki te wā, ko Te Atatū North te ingoa o te kūraenga?' ka whaiwhakaaro te pāpā o Tui.

'"TAT Norf", me kī,' ka katakata a Whaea Kōmako.

The next day the tamariki set out on a mission to follow Te Atatū Road by scooter and bike, from the tip of the Peninsula to the base.

Whaea Kōmako came along too. 'Let's go up Neil Avenue and I'll show you the whare where I grew up.

'Once the motorway from the city made it to Te Atatū, most of the farmland was developed for houses, like our one here. Then, a lot of the original sections got cut in half and more whare were built.'

'It looks like round four now, e Whae, heaps of those houses are being demolished to fit in even more!' observed Jennifer.

Neil Avenue = named for the company that built the original housing development
whare = house
e Whae = Aunt

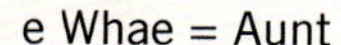

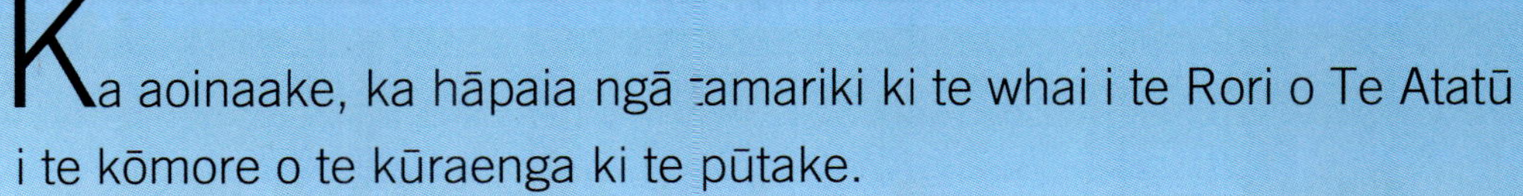

Ka aoinaake, ka hāpaia ngā tamariki ki te whai i te Rori o Te Atatū i te kōmore o te kūraenga ki te pūtake.

Ka turuki atu a Whaea Kōmako. 'Me tauaru tātou i a Neil Ave nei, ka whakaatu ai au i te whare nō taku whakatupuranga.

'I te taenga mai o te aramatua i te taone nui, i panonitia ngā pāmu hei whare, pēnei i tēnei. Nō muri, i weherua aua wāhi whenua, ā, kua hangaia ētahi whare anō.'

'Ka haere tonu tērā mahi, e Whae. Ka tukituki haere ētahi o wērā whare, kia whakatūria ai he mea kē atu anō!' te tāpiri a Jennifer.

'I remember Pop finding kauri gum in the māra, and me among the manawa near where we live now,' Whaea Kōmako continued.

'It must have been one of Tāne's forests in the old days,' realised Tui.

'E mahara ana ahau ki ētahi wā, i kitea e Pop he kāpia i te māra nei — au anō hoki i waenga i ngā manawa e tata ana ki tō tātou whare o ināianei,' ka kōrero tonu a Whaea Kōmako.

'He wao a Tāne i ngā wā tāukiuki rānō,' ka whakaaroaro a Tui.

māra = garden
manawa = mangroves
Tāne = God of Forests

Carrying on, they rode past the main shops.

'Remember that first day we came out of level four COVID lockdown and the line of cars waiting at the Macca's drive-through went around the block?' remembered Jennifer.

'Hei aha te takeaways, you guys couldn't go to school for months!' pointed out Whaea Kōmako.

Ka haere tonu rātou, pahure atu ana i ngā toa.

'I pēhea tērā rā tuatahi i muri i te wā mōriroriro korona, i rārangi āwhio mai ai ngā tini motokā i waho i a Makitānara?' ka maumahara a Jennifer.

'Hei aha te ō rangaranga, kīhai koutou i kura mō ētahi marama!' ka kohuki a Whaea Kōmako.

Hei aha te = Never mind

On the way back Whaea Kōmako took them past some large, circular concrete pits. 'What do you think these were for?' she asked.

'A skate park?' suggested Tui.

'Not quite. Try picturing them with big guns inside.'

'Wow, anti-aircraft guns?' he tried again.

'Koia nā — from when they thought that the Japanese might invade.'

On the way home they called in to the beach for a swim. 'The last couple of days have been nice and fine, so it should be okay to go for a kaukau now,' Whaea Kōmako reassured them.

Koia nā = That's it
kaukau = swim

I te hokinga atu ki te kāinga, i pahure rātou i ētahi rua raima, nui hoki. 'He aha te tikanga o wēnei?' te pātai a Whaea Kōmako.

'He pāka papawīra?' nā Tui i ngana.

'Tōna pai nei, engari powetia ētahi pū nui ki roto.'

'Ēhe! He pū ātete i a waka rererangi?' tāna anō.

'Koia nā! Kei tūpono i urutomo mai te Tiapani.'

Pekapeka ai te tira ki te onepū, kauhoe ai. 'I paki ngā rā e rua kua hipa nei — he pai ināianei ki te kaukau,' e whakamanawa ana a Whaea Kōmako.

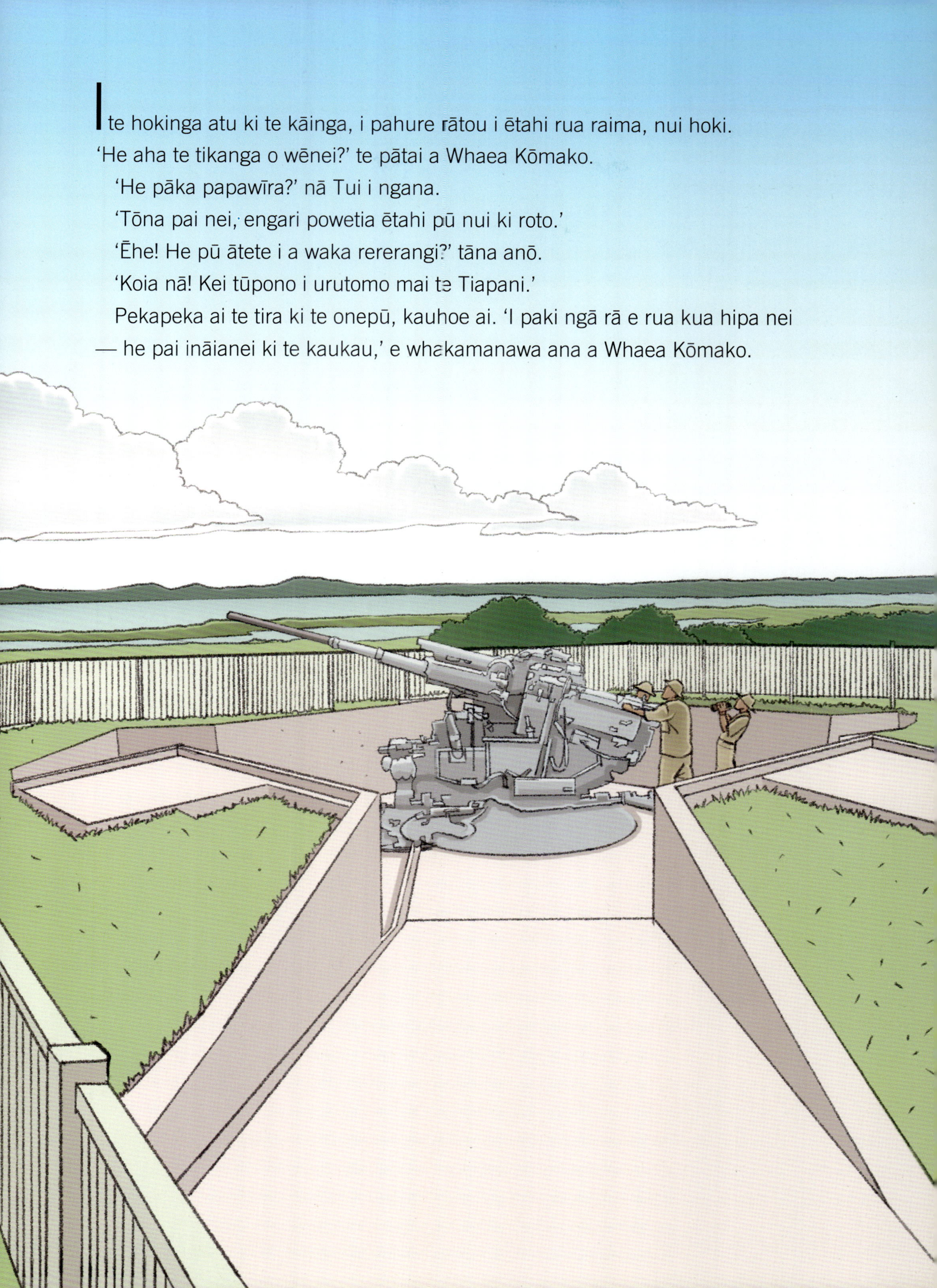

At home, the families busied themselves for the Deepavali celebration and night market at the community centre.

Matua Kumar had prepared murukku, jalebi and aderasam.

At the market, the group wandered around trying different kai, especially the reka Indian food.

I te kāinga, ka whakatakataka ngā whānau mō te whakanui Deepavali me te mākete pō hoki ki te whare hāpori.

Kua whakarite a Matua Kumar i te murukku, i te jalebi, i te aderasam.

Ki te mākete, ka tīhohe te tira, tīpako kai ai, inarā ko ngā mea Īnia, reka hoki.

Deepavali = Indian festival of lights, also known as Diwali
murukku = a twisted, crunchy, fried savoury snack
jalebi = a sweet snack
aderasam = Indian donuts
reka = tasty

It was time for Rani's rōpū to perform.
Tui and Jennifer were dazzled by the bright costumes.
'Te ātaahua hoki,' said Matua Kumar proudly.
'Pramahtham,' added Whaea Kōmako.

Kua tae te wā mō tō Rani rōpū whakaaturanga.
Kua whēkitekite a Tui rāua ko Jennifer i ngā kākahu pīataata.
'Te ātaahua hoki,' ka poho kererū a Matua Kumar.
'Pramahtham,' ka tapiri atu a Whaea Kōmako.

rōpū = group
Te ātaahua hoki = That's lovely
Pramahtham = Wonderful

The next morning Uncle Kumar said, 'Let's go on a big adventure up-river today. The others can meet us at Riverhead for dinner.'

They launched in the late afternoon and were soon off Onekiritea.

Nanny Marei pointed to a high headland and commented, 'That's Tauhinu — Reretuarau's pā. It controls the gateway to the Upper Harbour.'

Onekiritea = 'Gritty white earth'/Hobsonville
Reretuarau = an ancestor of Ngāti Whātua in Auckland
pā = traditional fortress

Auināke i te ata ka kupu a Matua Kumar, 'He mahi mātātoa tā tātou i te rangi nei. Ka whai tātou i te awa ki Rangitōpuni. Ka tūtaki tātou me te whānau whānui ki reira mō te kai o te pō.'

Ka whakarewa atu rātou i te ahiahi, ā roa kau ake, ka tae atu rātou ki Onekiritea.

Ka tohu atu a Nanny Marei ki tētahi mātārae teitei, 'Ko Tauhinu tērā — te pā o Reretuarau, e tiaki ana i te pūahatanga o te whanga i tua atu.'

They followed a tributary upstream, past the Riverhead Tavern and up to a road bridge.

Nanny Marei said, 'In the old days there was a kāinga here, where the school is now. This area was called Rangitōpuni because dogskin cloaks were exchanged between Ngāti Whātua and Te Kawerau a Maki as part of peacemaking.'

Ka whai rātou i tētahi kautawa e pahure ana i te Pāparakāuta o Riverhead, tae atu ana ki tētahi piriti.

Ka kī a Nanny Marei, 'I te wā tupuna, i tū tētahi kāinga i konei, kei reira e tū ana te kura ināianei. Ko Rangitōpuni tēnei, nā te mea kua whakawhiti tōpuni a Ngāti Whātua me Te Kawerau a Maki, kia ū ai te maungārongo.'

kāinga = village
Rangi = Day
tōpuni = Dogskin cloak of dark hair with white borders

'Riverhead is the start of another tōanga waka, like Te Whau,' continued Nanny. 'If you walk overland for a few kilometres from here, you get to the river at Kumeū. Jump back in a waka there, hoea, and you will go past Reweti Marae and its maunga, Tauwhare, in and from Muriwai.'

'Haere tonu and you'll go past Woodhill and wind up at the Kaipara Harbour,' added Matua Kumar.

'He tōanga waka anō a Riverhead, pērā i a Te Whau,' ka kōrero tonu a Nanny. 'Kia hīko koutou mō ētahi kiromita, ka tae atu koutou ki te awa ki Kumeū. Ekea anō te waka, hoea tonu, ā, ka pahure koutou i te Marae o Reweti me tōna maunga, ko Tauwhare — ki uta o Muriwai.'

'Haere tonu pahure ai i a Woodhill, kia tae atu ki Kaipara moana,' ka tāpiri atu a Matua Kumar.

tōanga = canoe portage/dragging place
waka = canoe
hoea = paddle
Marae = Community gathering place
maunga = mountain
Haere tonu = Carry on
Kaipara = To eat the para (king) fern

Matua Kumar turned the dinghy around and they were soon tying up at the tavern's jetty. The rest of the whānau had driven out to meet them and they enjoyed their kai sitting out under the darkening sky, watching the awa drift past.

'This makes me think of our Thamirabarani River where I grew up,' mused Matua Kumar.

Ka koki a Matua Kumar i te pōti. Ākuanei, ka ū rātou ki te herenga waka o te pāparakauhe. Kua tatū mai te whānau whānui. Ka kai rātou i raro i te tōanga o te rā, e matakitaki ana i te rerenga o te awa.

'Ka huri aku whakaaro ki taku awa rā, ko Thamirabarani, ki tōku ūkaipō,' ka whakamahara a Matua Kumar.

Heading home, the tamariki struggled to keep their eyes open, they were so sleepy from the sea air.

'Nandri, Appa,' said Rani, 'that was a great adventure.'

Tui was nodding off but just managed to say, 'There's heaps to see from the awa in your backyard, Matua. Where should we go āpōpō?'

Nandri = Thank you
Appa = Dad
āpōpō = tomorrow

I te hokinga atu ki te kāinga, ka ātetetia te ngenge e ngā tamariki. Kua whakahinamoe te āngi tai i a rātou.

'Nandri, Appa,' ka mihi a Rani, 'he mahi tino mātātoa tērā.'

Ka rotua haere a Tui e te moe, engari ka pararāwaha ia, 'He maha ngā wāhi ngahau e pātata ana ki tō tātou awa, Matua. Āpōpō, ka haere tātou ki hea?'

Acknowledgements

Recalling fondly my wife and my 'pre-kids' days and 'Lavinia and Malcolm's urban walks' … and ngā mihi aroha to our tama, Taimārō and Davin, for all their whakaaro that contributed to this pukapuka.

This book continues a series started with *The Castle in our Backyard* by the Sharing our Stories team (as part of the Committee for Auckland's 'Future Auckland Leaders' programme).

A teacher's information and activity resource for this book is available at www.oratia.co.nz
On page 6, the saying 'Kei raro i te tarutaru, te tuhi o ngā tūpuna' is a quote from Mereta Kawharu's ebook, *Tāhuhu Kōrero: The Sayings of Taitokerau.*

Published by Oratia Books, Oratia Media Ltd, 783 West Coast Road, Oratia, Auckland 0604, New Zealand (www.oratia.co.nz).

ISBN 978-1-99-004219-5

The publisher acknowledges the generous support of Creative New Zealand for this publication.

Editor: Carolyn Lagahetau
Designer: Cheryl Smith, Macarn Design

First published 2022
Printed in China